JN197516

そらいろに
つつまれて

まなみ・かずこ

文芸社

目次

神様のおくりもの

雨　それは涙のしずく
泣けないぼくの代わりに涙する
天(そら)を見上げ　感謝
ありがとう
心の曇りをながしてくれる
雨あがり
天(そら)に虹がかかる
ジャンプ!!
虹の橋を　おもいっきりかける
どこまでも　どこまでも

幸せの種

心に種をまこう
不安　悩みのとげを取りのぞき
感謝　思いやりの水をあげる
毎日　毎日こつこつと
やがて芽を出し　葉をつけ花が咲く
どんな小さな花でもいい
どんな色の花でもいい
さあ　自分だけの種をさがそう

桜色の時

一年に一度　日本中のだれもが恋をする
この時を心待ちにし
一週間
あっという間に恋が終わりをつげる
なんともはかなげな恋
一年後
再び出会うその日まで

朝

一日の始まり
窓からのぞく朝日
青くどこまでも続く空
ひやりと冷たい澄んだ空気
たんぽぽ　すずらん　名前もわからない花達
どの花も皆　いとおしい
さあ今日も一日が始まる
上を向こう
前に進もう

闇

心を閉ざして
感情を圧し殺して
無になり
ただ　ただ日々をやり過ごす
そんな人生
なんと空しい

不公平な世の中

世の中は　なんとも不公平
ちゃんと自立しているお年寄り
手がかかるお年寄り
ちゃんと社会人に成長する子供
個性を持って生まれる子供
ほとほと　うらやましい
なんとも　うらやましい
この世はなんとも不公平

ひとかけらの心

ほんの少しの思いやり
ほんの少しのゆずりあい
ひとかけら
心のポケットにしまったら
おだやかな空気がながれ
世界が変わるだろう

かごの鳥

くつをはこう
一歩外へ
なんとも体が軽い
解放感
ぼくは自由だ
空が青い
風のささやき
色とりどりの花の笑顔
どこまでも続く路
さあ大空へはばたこう

0点

小学一年生
初めての国語のテスト
ランドセルから出し「はい」と
「0点」
私は　目を疑った
ぼうぜんと立ちつくす
ショックだった
悲しかった
この子は障害者なんだと
あらためて認識した

二十年

あなたと出会って　もうすぐ二十年
お腹にいる時に　心配の種がやって来た
生まれて　すぐの入院
心配の種が二つ目
それから　数えきれないほどの種が集まった
種は　一つまた一つと
笑顔の花を咲かせる
赤や青　黄色の花
笑顔の花は　日々の苦労も忘れさせる

平成三十年六月十日
同窓会

めいろ

まよいこんだ
右に行っても
左に行っても
行き止まり
前に行っても
後ろに行っても
行き止まり
出口が見えない
もがき　苦しみ　さまよう
ひたすら歩く
出口をもとめ

特別支援学校
三年生の頃

鍵をかけた心

一ヶ月
たかが一ヶ月
されど一ヶ月
こんなに　そばに居るのに
まるで遠い
何を思い
何を感じ
閉ざした心
箱の中
鍵をかけた心

乖離

見失った
自分や周りのことがわからない
それは　ある日突然やって来る
ばたっと　倒れ
目覚めると
何もかもが　わからなくなる
うなだれた彼を
私は　そっと抱きしめた

平成三十年五月

「心が痛い」――天（そら）の言葉

「心が痛い」
彼は　つぶやいた

今　居場所に息苦しさを感じたら
一度　立ち止まって下さい
空を見上げて下さい
辺りを見回して下さい
こんなにも世界は広いのです
ゆっくりとゆっくりと　歩いて下さい
誰かと競わなくてもいいのです
あなたは　あなたのままでいて下さい

平成三十年三月二十二日

書く

ぼくは　書くことで命をつなぎ止める
爆発しそうな感情を抑える
書くことに喜びを見いだし
生き甲斐を見つけた
日々　感じた思いがあふれ
字にし　ノートに記す
この瞬間
一秒の思いを

祈り――希望への道しるべ

君の話が出ると　胸がしめつけられる
どうすれば君を救えるのか
もはや何をすればいいのか
答えが出ない
やさしかった君がこわれた
祈ることしかできない
希望を信じ
今日も祈りをささげる

祈り―友よ

長い一日だった
こんなにも長い一日は　今までなかった
同じ部屋
同じイス
コーヒーカップ
何一つ変わらない
なのに全てが変わって見える
夕日が沈む
一日の終わりを告げる

あさがお

店先に並んであなたは待っていた
ふと目が合った
何日か　前からあなたのことを思っていた
思わず手に取り　かごに入れ2人で帰った
門のレンガの上に　ちょこんと座った
雨のシャワーをあび　キラキラと輝く
赤・青のラッパ（花）をつける
一つまた一つ
門に寄りそい　手（つる）をのばす
「いってらっしゃい」「おかえり」
そんな声が　聞こえる
今日も　さわやかな　ラッパを奏でる

一〇〇円のぜいたく

月に一度の給料日
生活費・家や車のローン
あっと　いう間に消える
月に一度の　ぜいたく
一〇〇円ショップに足をはこぶ
たくさんの品物が　行儀よく並ぶ
私は　お気に入りの一つを手に取る
月に一度の　自分へのごほうび
一ヶ月後
次は　何を手に取ろう

はめつ

人は皆一人では生きてはいけない
思ってもみないことが　ある日突然やって来る
戸惑い
嘆き
動揺
いろいろな感情がおしよせる
あの日・あの時　後悔
時は　もどらない

涙

友を思って涙した
人の温もりに涙した
雨
空が泣いている
泣けない　ぼくの代わりに涙する

ぬけがら

ぼくは　この箱に入ると
たましいを取られたようになる
半分開けた窓
隣の家の間から　空が見える
何も感じず
ただ　ただ
空をながめる

夏の一日

ぼくは　バスがにがてだ
にがてなバスが　その日ばかりはちがった
長崎に居た
山の中をくるくると　Sの字をえがきながら
下っていた

緑の世界
窓を少し開けた
風がここちよい
顔を少しのぞかせ
風をあびる
中学生の夏の一日

もんしろちょう

雨あがりの午前
自転車を　ゆっくりと走らせる
一面に緑のじゅうたん（田）
もんしろちょうが　ひらひら
夫婦？　兄弟？
はたまた一人者？
あっちにも!!　こっちにも!!
なんとも　のどかな
午前のひととき

お守り

一つのお守りが　二つに増えた
色は緑色　手の平サイズ
だれでも持てるわけではない
決まった人だけのお守り
お守りを　隠そうとする人もいる
あなたを守る
大切な物
堂々と　持ってほしい

前向き　後ろ向き

人はすぐに　「前向きに」「前向きに」と
ばかり言う
そんな簡単にはいかない
どちらかと言うと
すぐに後ろを向いてしまう
どんどん　後ろに下がる
もはや　どこが前なのかもわからない
そんな時は
思いきって　向きを変える
きっと
ちがった景色が見える

まほう

メロディーに耳をかたむける
歌詩の一つ一つが心にしみわたる
行き場のないこの思いを　そっと静めてくれる
まほうがかかる
たくさんのまほう使い
たくさんのまほう
歌声と楽器の道具
たくみにあやつり
人々にまほうをかける

母の思い

だめな母親だ　私はきっと
娘にはかわいそうな母と　きっと
心配とめいわくばかりかけた
それだけではないと
夢を見つけて日々生きたと
この思い
今はそっと
小箱にしまった

いつか開けるその日まで

雑草

いつの間にか　種を運び
いつの間にか　育っている
暑さにも　負けず
寒さにも　負けず
飛んで来る
そんな風に
強く　たくましく
生きたいものだ
生きてほしい

旅立ち

一週間降り続いた雨があがった
旅立ちの朝
晴天
まるで門出を祝っているかのようだ
一年前
悩み　苦しみ　もがいていたあなた
家を飛び出した
一年がたとうとしていた
出会った
自分の居場所
これからは　自分の人生
これからは　自分のためだけの人生

歩いてほしい
幸せを願う
ただ　ただ願う

あたりまえの幸せ

「いってらっしゃい」
「いって来ます」
朝　我が子を送り出す
このあたりまえの言葉を
言える
聞ける
このなにげない　どこにでもある風景
こんな幸せなことはない
このなにげないことが
きっと　気づかない
目の前にあるのに……

エール

一日一日が　七日となる
七日は　一週間
一週間を四回と少し
一ヶ月になる
一ヶ月を　十二回
一年になる
そんなふうに日々を送る
新しい土地
新しい仲間
新しい生活
一日一日を積み重ねる

あの日

駅に居た
辛かった
苦しかった
投げ出そうと思った
　何度も
　何度も
一本の缶コーヒー
「おいしい‼」
いつもと同じ味
おいしかった
涙がこぼれた
「おいしい」と思える自分がいた

生きている

誰か

声を掛けてくれる人がいる
それがたとえ　何ヶ月ぶりだとしても
忘れないでいてくれる人がいる
それがたとえ　一年ぶりだとしても
思いに気づいてくれた人がいる
それがたとえ　一枚のハガキだとしても

救われている
そんな　誰かに

つばさ

ぼくの言葉に　つばさがはえ
大空に　飛び立った
日本中に　はばたく
天を見上げる
君の目に留まり
手をかざした
君の元に　舞い下りた
言葉の一つ一つが羽となり
君自身を　はばたかせる

本心

嘘も方便
本音とたてまえ

誰かに　自分の気持ちを伝える
姉には　ぐち
友には　悩み
を言うことがあっても
本心は言わない　私は
言えない私は　字に記す

心の奥の奥の　本心を

介護

老老介護
W（ダブル）介護
育児と介護

一人の女性に　背おわせてはいけない
一言「ありがとう」と伝えよう
一日　お世話を代わってあげよう

その一言
その一日で
一人の女性が救われる

平然

　これで何度めだろうか
彼が　引きこもるのは
表情がどんよりと曇り
　そして　家に引きこもった
私は　彼の前で平然を装う
一週目　二週目……
疲労が私をおそう
彼が二階へ上がる
その時だけは解放される
横になり目を閉じる
ほんの一時の安らぎ
トントンと階段を下りる足音

体を起こし　仮面を着ける
平然という名の

扉

この世界におじゃまして
かれこれ二十年
この世界も　悪いことばかりではない
　人の縁を感じ
　人のあたたかさにふれ
一人の我が子に　たくさんの人が　かかわっている
時には親以上に　気にかけてくれる
　感謝　感謝

　もし　と思っている　あなた
怖がらず　ドアを　ノックしてほしい

花束

今　私がこうしていられるのは
あなたが　居てくれるから
あなたに語りかける
　時には　なぐさめ
　時には　はげまし
そっとよりそい　微笑む
私を笑顔にする
　花

それは無限の愛

二ひきの猫と犬一ぴき

ニャー　ニャー
猫がえさのさいそく
　ワン　と一声
犬が散歩のさいそく
これが　ぼくの目覚まし時計
「まだ四時」「やれやれ」
ぼくの目覚ましは
毎日一時間も早く時を告げる
　三十分ほど　しらん顔
「よっこらしょ」と体を起こす
猫にえさをやり　犬の散歩に外へ出る

やっと　目覚ましが止まった

歪んだ顔

春

中学三年生になっていた
卒業後の進路を決めなくてはいけない年になっていた
保育園からの同級生・母二人と先生の五人
特別支援学校の見学の日
初めての世界
校内を案内された
一つの教室で足を止めた
音楽の授業中だった
初めて見る風景
おどろきで顔がひきつった　我が子が居た
先生と目が合った

二人でうなずく
大人の私でさえ　とまどっていた
精神年齢が五才は幼い我が子
背を向け　ろうかを足早に歩く
戸惑いの表情
初めて見る表情

今でも
　　　忘れられない

忘れられた記憶

この世に生まれ落ちた
この手に抱きしめ
ただ　ただ　幸せを願った

月日が流れ　いつの間にか
記憶の片隅に追いやられ
思い出すことさえしなくなる
思い出のページをめくり
あの日　あの瞬間を
再び思い起こす

ただ　ただ　幸せを

願った
あの日を

明日への扉

ザー　夜　突然の雨
その音に　思わず目を見開くほど
しばらく降り続いた
外を見つめ　雨音に耳を傾ける
ここ数年の思いが甦る
突然の別れに始まり
日常に　いきどおりを感じ
嘆き　苦しさに　日々かっとうしていた
その全てを　洗い流している

新しい明日への扉を開くために

その日を夢見る

むなしさ

目を覚ます
雨が降っていた
地面を濡らし
何もかも洗い流していた
時々ザッーと降り注ぐ
地面に叩きつける

ぼくの苛立ちを表す

怒りをぶつける場所のないぼくは

空（天）を仰ぐ

そっと

そっと
目をとじる
そっと
横になる
そっと
生きる

一進一退の日々

太陽のような笑顔の日
曇り顔で空を見上げる日
空一面の夏空の日
涙の雨が降る日
突然降る夕立ちの日

これからも共に歩む
一歩　また　一歩

虹の橋を渡る

海へ

　涙が止まらない
あふれ出す涙は　やがて海となる
後悔という名の
ぼくは船に乗る
あてもなく　どこまでも続く
　航海
終わりのない
未来の見えない
どこまでも続く海
はてしない　海……

一年後のあなたへ

　一年後
あなたは　何をしていますか？
笑えていますか
幸せな日々を送っていますか
　一年
たかが　一年
されど　一年
一年で　こんなにも人生が　変わる

そのことを知った
知っている　あなた

一年後の自分に思いをはせる

共に

子供達の成長
　時には　悩み
　時には　喜び
笑い合い
涙し
共に　歩んだ
かけがえのない
　母達

　これからも

　共に歩む

大切なあなたへ

あなたは
　大切な一人
自分では
　わからないが
ぼくには
　大切な一人

代わりは　いない
代わりは　きかない

あなただけ

弱い

心が弱い
強く強く
　と　思う
思っても　できない
どうしても　できない
そんな　ぼく達
変わらない
変われない
　でも

無理はしない
無理をしない

弱いぼく達は
心が　やさしい
やさしすぎる　からだ
きっと……

二十才

二十才　　　おめでとう
二十年　　（笑顔でありがとうの返事）

長かった　　短かった
長いような　短いような
いろいろ　あった
きっと　これからも
側に　いる
側に　いられる

それだけ
それだけでいい

この日　二十歳になった

心の中

ぼくの気持ち
は
ぼくのもの
君の気持ち
は
君のもの
心の中
は
わからない
わからなくて

あたりまえ

人

人に　つかれ
人は　つかれ
　人　人　人
それでも　人と生きる
側に　人が居るからだ
人は

だれかに　うらぎられ
だれかを　うらぎり

それでも
人は
何かに　すがり
何かを　あたえる

深い夜

深く　どこまでも続く
　暗い夜

辛　い
苦しい
と　　叫んだ

それでも

夜は明け
朝日が輝く

今日も一日が　始まる

旅

さあ　旅に出よう
心を解放させる
　辛いこと
　悲しいこと
　忘れたいこと

空を　はばたく鳥にのせて
空を　飛び立つ飛行機にのせて
自分色の風船に
全てをあずけて運ぶ

だれも知らない世界へ

一本の道

一歩一歩　歩く
自転車をゆっくり　こぐ
車に乗りすーっと　走る
人生　どれを選ぶか
それは自分で決めることだ

立ち止まりながら歩くのか
自転車のペダルを力強くこぐのか
車の助手席に乗るのか

それを決めるのは
自分だ

かさ

心をかくし
かさをさした
外の光がまぶしくて
かさをさした
そらいろのかさ

秋のにおい

お盆が終わった

秋の風が吹く
雲が流れる
たおやかに流れる
しおからとんぼ　から
赤とんぼ　に　変わる
ひまわり　から
秋桜　に　変わる

秋のにおい

夏の終わりを告げる

さようなら

さようなら

昨日のぼくに別れを告げた
景色が流れ
時はすぎ去る
二人は別々の道を歩く

お互いに背を向け歩き出す
二度とふりかえらず歩き出す

新たなくらし
窓を開け放し

今日から始まる
一歩ふみ出したぼくが居る
君との思い出を心の奥にしまった
　そっと……

虹色の雲

ぼくは　夢を描いた
大空のキャンパス
白い雲
虹色のくれよん
夢色の雲

ぼくは　雲に乗り
旅立つ

どこまでも続く

大空へ

結びの言葉「天日和」

この先もきっと

晴れの日
くもりの日
雨の日

いろいろな日々がある

それでも

共に

歩いていく

著者プロフィール
まなみ・かずこ
昭和41年1月生まれ。
愛知県在住。
好きな作家：赤川次郎
好きな食べ物：チョコレート、和菓子

そらいろにつつまれて

2019年5月15日　初版第1刷発行

著　者　まなみ・かずこ
発行者　瓜谷 綱延
発行所　株式会社文芸社
〒160-0022 東京都新宿区新宿1－10－1
電話 03-5369-3060（代表）
03-5369-2299（販売）

印刷所　株式会社フクイン

ISBN978-4-286-20496-3